CONSOLATION

A MONSIEUR

A. DE LAMARTINE,

SUR LA MORT DE SA FILLE UNIQUE
EN PALESTINE;

PAR M. ÉDOUARD DE FLEURY.

A POITIERS,

CHEZ F.-A. BARBIER, IMPRIMEUR-LIBRAIRE.

A PARIS,

CHEZ THEODORE LE CLERC JEUNE, LIBRAIRE,

PLACE DU PARVIS-NOTRE-DAME, N. 22.

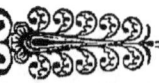

1833.

CONSOLATION

A MONSIEUR

A. DE LAMARTINE,

SUR LA MORT DE SA FILLE UNIQUE

EN PALESTINE;

PAR M. ÉDOUARD DE FLEURY.

...... Comme une fleur
Qui n'a vu qu'une aurore.

A POITIERS,

CHEZ F.-A. BARBIER, IMPRIMEUR-LIBRAIRE,

PLACE NOTRE-DAME.

1833.

POITIERS. — IMPRIMERIE DE F.-A. BARBIER. — 1833.

CONSOLATION

A MONSIEUR

A. DE LAMARTINE,

SUR LA MORT DE SA FILLE UNIQUE

EN PALESTINE.

Juin 1833.

Si je savais les airs que la source écumante
Chante au saule qui pleure incliné sur ses eaux ;
Si j'avais la douceur de la brise touchante
Qui fait flotter son ombre et dort dans ses rameaux,
J'irais, j'irais m'asseoir à la triste demeure
Où, murmurant l'adieu comme lorsqu'il s'endort,
L'âme d'un jeune enfant a, sur la dernière heure,
  Plié son aile dans la mort.

J'irais; et, soupirant la suprême parole
Qu'en embrassant sa mère il laissa sur son cœur,
J'y mettrais cet accent qui charme et qui console,
La tendresse et l'espoir, baume de la douleur!
Puis je ferais pleurer! mais de si douces larmes,
Que la voix, s'y mêlant sans maudire ou flétrir,
N'irait plus répétant que le Ciel est sans charmes,
   Et qu'il est temps, temps de mourir!

Mais si le front qui penche au lit de la victime
Était un de ces fronts signés par le Seigneur,
Un cachet de sa gloire, une empreinte sublime
Où lui-même imprima son hymne et sa grandeur;
Si mes vœux d'amitié, montant vers sa couronne,
M'eussent fait un bonheur de sa félicité;
S'il eût penché vers moi, du haut de la colonne
   Où sa renommée a monté;

Si le coup l'eût frappé loin du toit de ses pères,
Du tombeau qui l'attend, du cœur de ses amis;
S'il n'avait qu'un enfant pour fermer ses paupières,
Et l'eût mené mourir loin de son doux pays;

Alors, oh! c'est alors, qu'en hymnes lamentables
Je laisserais mon âme à longs flots s'exhaler,
Que mes pleurs grossiraient les pleurs intarissables
    Que mes chants devaient consoler!

Pourquoi t'ai-je nommé, barde aux plaintes si belles,
Dont la voix est un charme à l'ennui des mortels,
Concert vivant, qui monte aux splendeurs éternelles
Aussi pur que la flamme ou l'encens des autels?
Quand tu voguais, béni de la foule attentive
Que consolait l'espoir de te voir revenir,
Allais-tu donc chercher sur la lointaine rive
    Un si terrible souvenir?

Tu partis en chantant à nos tristes rivages
Cet espoir qui de loin t'allégeait les regrets,
Mêlant sa joie au nom de ces grandes images
Qui t'avaient fait lever pour les voir de plus près.
Il étoit beau de voir avec toi ta compagne
Guidant l'unique enfant où les Cieux sont bénis,
Comme deux aigles forts qui, changeant de montagne,
    Sur l'aile emportent leurs petits!

Le regard ombragé de ce grand diadème
Dont les feux du Prophète ont couronné ta foi,
Tu croyais rajeunir et renaître toi-même
Dans l'ange au souffle pur qui s'appuyait sur toi;
Et, noble pèlerin, tu n'as point vu de plage,
Point d'écho réveillé par tes accens pieux,
Qui ne t'ait renvoyé l'évangélique image
   Qui t'a délaissé pour les Cieux.

Ceux qui chantaient alors, qu'ont-ils fait de leurs fêtes?
Nul salut au retour ne t'attend sur les eaux!...
Les amis qui priaient pour calmer les tempêtes,
Et qui se souvenaient au départ des vaisseaux,
Dont l'amour préparait au long pèlerinage
Un accueil d'allégresse et d'hospitalité,
Murmurent aujourd'hui, penchés sur le rivage,
   La monotone éternité.

L'éternité!... la mort!... Car la belle famille,
Trinité de grandeur, d'innocence et d'amour,
Ne revient plus avec son front de jeune fille,
Angélique miroir d'où s'est enfui le jour :

Car la couronne d'or du barde s'est voilée
Et sa voix ne rend plus que des hymnes de deuil;
Et la mère, appuyant sa tête inconsolée,
  Pleure à genoux près du cercueil!

Malheur! malheur! diront les âmes de la terre,
D'avoir porté la fleur sous des vents étrangers!
Désespoir éternel pour le foyer du père
Qui sur son faible enfant fit tomber ses dangers!
Malheur! d'avoir tranché dans sa tendre racine
L'espoir de sa vieillesse et de son avenir!
D'avoir vu se pencher cette tête enfantine,
  Innocente et belle à ravir!

Oh! je dirai : Malheur à la triste pensée
Qui blasphème la gloire et flétrit la ferveur,
Et ne sait pas le nom, dans sa langue insensée,
De l'âme où s'imprima l'instinct du Créateur;
Qui ne s'explique pas pourquoi, dans son voyage,
L'alcyon après lui traîne son lit flottant,
Et qui maudit l'oiseau, si le vent du naufrage
  Submerge l'esquif ou le fend!

Et malheur mille fois à l'amitié flétrie
Impuissante à charmer de si tristes revers,
A la muse inhabile, à la harpe sans vie
Qui n'a pour consoler ni rhythme ni concerts;
Qui, pour combler le vide, à l'âme paternelle
Ne saurait envoyer ni fraîcheur ni sommeil,
Pour la livrer plus calme au repos qui l'appelle,
    Plus forte aux tourmens du réveil!

Ah! loin de faire entendre une voix trop amère
A qui, cherchant le Ciel, tombe sous ses rigueurs;
Loin d'ajouter le fiel aux larmes d'une mère,
Et l'ombre du reproche au comble des douleurs;
Loin de crier : Malheur!... au poëte sublime
Qui, cherchant les lieux saints pour se sanctifier,
En bravant les hasards des vents et de l'abîme,
    Voulut s'y livrer tout entier!

O moi! moi, dont l'essor comprit si bien son âme
Quand il portait sa fille au berceau du Sauveur,
Frémis, je lui dirais, sur tes ailes de flamme,
Et ne t'accuse pas d'avoir fait son bonheur!

Eh! jeté dans ce monde où tout souffre, où tout change,
Quel sein touché de Dieu maudirait les destins
D'envoyer une corde à la harpe de l'Ange,
      Un luth au chœur des Séraphins?

Ton enfant t'était cher! Orgueilleux d'être père,
Ton amour y cherchait, avec un soin jaloux,
Ta propre ressemblance et les traits de sa mère
Fondus comme vos cœurs dans ses charmes si doux;
Et si, pareil à nous, tu tenais à la terre,
Si tu n'étais toi-même un envoyé des Cieux,
Je n'ajouterais pas cet hymne solitaire
      Au souvenir de ses adieux!

Mais n'es-tu pas celui qui, pris d'un saint délire,
Pour que Dieu de plus près te parlât par sa voix,
Aux palmiers du désert avais porté ta lyre,
Reste des sons divins qu'il chantait autrefois?
Mais n'as-tu pas en toi plus d'amour et de flamme,
Plus d'écho de tes chants, plus d'instinct d'avenir,
Plus de foi qu'il n'en faut pour consoler ton âme
      Et te faire attendre et bénir?

Et ne gémis-tu pas au sommet de ces plaines
Où Jérémie errait exhalant la douleur?
Et n'es-tu pas assis sur le bord des fontaines
Où tombèrent pour toi les larmes du Sauveur?
Et l'écho qui répond à ta voix attendrie,
Quand elle appelle en vain ton enfant sur les flots,
N'a-t-il pas autrefois de la vierge Marie,
  Peut-être, entendu les sanglots?

Ne sommeilles-tu pas sur la rive inspirée
Où, coulant tristement sur son sable entassé,
Le Jourdain se lamente en sa langue sacrée,
Roulant dans chaque vague un soupir du passé?
Et serais-tu si loin du jardin solitaire
Où le Christ à genoux gémit à haute voix?
Et n'aperçois-tu pas, peut-être, le Calvaire
  Où le péché planta la croix?

Et parmi tant d'échos d'immortelles ruines,
Que sont nos cris à nous, passagers et mortels?
Qui compterait ses pleurs, où des larmes divines
Ont sillonné le sol de sillons éternels?

Qui mettrait sa souffrance auprès de la souffrance
Que chaque grain de sable y parle au voyageur?
Qui voudroit sur la terre asseoir quelque espérance
    Où toutes ses voix sont : *Douleur !*

Lui dois-tu tant de pleurs si ta fille chérie,
Au Dieu qui l'appelait te précédant d'un jour,
Exilée, avant l'heure a cherché la patrie
Où retentit partout l'éternité d'amour?
Est-il si rigoureux le destin qui l'enlève
Pour lui livrer plus tôt des biens si précieux?
Frapperais-tu ton cœur, en maudissant le rêve
    Qui te fit l'approcher des Cieux?

Comprends mieux son bonheur! Elle s'est envolée
D'une rive où le Ciel touche de toutes parts :
Des Anges pour ses yeux l'aile s'est dévoilée,
Et son âme de vierge a suivi ses regards :
Elle a reçu la main de ces jeunes compagnes
Qui l'embrasaient déjà des ardeurs du saint lieu;
Car des esprits sans nombre errent dans ces campagnes
    Où, comme toi, souffrit ton Dieu.

Aussi tu ne crains pas qu'ange de l'innocence,
Elle puisse oublier, de l'oubli du tombeau,
Les doux soins dont un père a comblé son enfance,
Les pleurs dont une mère abreuva son berceau;
Ni que les vœux ardens dont ta vive prière
Entoura si souvent son fragile avenir,
D'un sommeil de néant, soient enfouis sous la pierre
Où dort ce qui devait finir.

Oh! ces élans d'amour, que l'âme paternelle
Fait monter d'un berceau jusqu'au trône de Dieu,
Ils ne descendent point dans la tombe éternelle,
Ils ne se perdent point dans le dernier adieu.
C'est, pour son avenir, toi qui priais naguère :
Aujourd'hui que tes yeux l'ont vu surgir au port,
C'est elle qui prîra, pour sa mère et son père,
Un bonheur égal à sa mort.

Elle prie!... et la main qui peut réduire en poudre
Laisse, à ses chants d'amour, retomber son courroux;
Car la voix d'un enfant peut désarmer la foudre,
Quand l'ange a pris ces traits dont le Ciel est jaloux!

Car ta vierge à côté de la Vierge est assise,
Lui demandant pour vous des jours purs et sereins,
Et qu'au lever du soir son étoile vous luise,
    Phare de grâce aux pèlerins !

Elle-même... peut-être, au milieu de l'orage,
Pleurant ses larmes d'ange en voyant tes regrets,
Tes songes la peindront brillant sur le nuage,
Et tu t'éveilleras, plein d'espérance, après !
Tu la distingueras, dans le chœur des étoiles,
De son premier rayon cherchant ton front rêveur ;
Peut-être à l'horizon se découvrant sans voiles,
    Dans sa jeunesse et sa candeur !

Et tu seras heureux !... non du bonheur frivole
Qui tient les yeux fixés aux stupides humains,
Lorsque, les bras tendus vers leur profane idole,
Ils sont près de saisir sa fange de leurs mains ;
Mais heureux d'un bonheur sans trouble et sans ivresse,
Comme le flot calmé, miroir silencieux ;
Heureux d'un esprit pur, d'une sainte tristesse,
    Où se réfléchissent les Cieux !